たどり
着けない
地平線

池田行謙

＊目次

池田行謙歌集

たどり着けない地平線

第一章　たどり着けない地平線

地球儀を逆さまにして回すとき陸は海からほどけはじめる

本当はフランスに行きたかった君のためやわらかく咲く名も知らぬ花

さよならをした手が降りてゆくまでのためらうような街の明滅

廃ビルの傾く螺旋階段にはりつくような過去の残照

苔むした夢に一緒におちていくあなたの冷えた二の腕摑み

岬は海の縁語であるということを海は気づいているのだろうか

岬は海の縁語をやめてしまうだろうあまりに広すぎる干拓地

観覧車のネオンの緋色ふぁっさりとあなたの顔の輪郭なぞる

恋文を誰にも書いたことがない人生　濡れたアスファルト光る

やわらかい絹鳴りのする雨雲があなたの街へ流れはじめる

無色無音無圧の風を受けとめて室内プールに浮かぶ人々

追いかけてもたどり着けない地平線きみから好きと告げられたくて

権現坂くだりゆくときすれ違う　あれは蝦蟇蛙だったかもしれぬ

五年前さよならをした一番線ホームを五秒で通過していく

ハンカチーフのはためきつづける夕まぐれ恋する前の重さに戻る

「漁師風スパゲティ、三種のペンネ、シーザーサラダ、それでいいです」

どれもこれも大きく口を開けている甘鯛の煮付けは額がうまい

抱くと抱えるの違いを考えながら聴くギター協奏曲の独奏

泣き方をわすれてしまったあなたのうつくしい踵にふれる波飛沫

デッサンをさらさらと描く鉛筆を奪って軽やかに生きてゆきたし

さようならあなたの船が震えながら空の青さにとけてゆくまで

第二章　どれほどの速さで

どれほどの速さで生きればいいだろう出すあてのないメール打ちつつ

時間にはいくつの悪意があるだろう君の棺桶うつくしすぎて

ほつほつと島の形を告げるごと県道沿いに灯りがともる

東京でもらった花が山口で息づくようにひらきはじめる

ひたすらに雨に打たれる船体の雨をこぼしてしまわぬように
場違いな重さだろうかひとのない冬の海辺の砂を踏むとき

まだきみはぼくをみつめているだろう未だ視界に残る客船

東経と北緯に定められながらしあわせになることのしあわせ

雨はいまどの海原にあるだろう指でゆっくり回す火星儀

友の死を伝えるポストカードには向日葵の群れ、羽ばたくような

花びらを失っていくさよならに辿り着くしかないものとして
まずいつか別れが来るということを受け入れてから愛しはじめる

第三章　淋しさの側面

青空の色の絵の具の百十四種類から選ばないといけない

水平線に配する色の顔料を決めかねるまま夏は過ぎゆく

淋しさに側面があるのならばその左側を歩こうと思う

必要のないものばかりさよならの全てを伝えきれないのなら

直上に波の形を思いつつ海底雪原おやすみあなた

芽キャベツのひとつひとつを湯に落としつつさよならを受け入れてゆく

きみが流す涙はいつかトビウオの背にあたる雨粒になろうか

巨大広告塔にはコカ・コーラ　空はみあげるたびに他の空になる

これからは自由にしていい自由という束縛から自由になれない

数百の名をもつものとして雲のすべては水であるということ

打たれたる水の静けさおそらくは雷撃のような量子力学

飛行機雲の留まりきれないかなしさに空を見上げる人はいなくて

「私たちは法定速度を守ります」敗走しているようなトラック

記憶からいつしかいなくなるだろう膨らませたままの手風琴

幾重にも重なるポトスの葉と茎の全てが光合成をしていて

第四章　二十年

二十年とは遙かなる言葉二十年うたい続けてきたきみといて

瑠璃光寺五重塔よ気づくということはこんなにむつかしいのか

「日本にも大きな河がありますね」海であるとは言わないでおく

次々と山の斜面を駆けあがる雲影をただ君と見送る

地上から日増しに離れてゆく空の高さ今日から十月になる

矩形のない景色に焦がれまた一人空を見あげて呟いている

万雷の鳥の羽音のなかできけ「ティル・オイレンシュピーゲルの愉快ないたずら」

またひとり埠頭から立ち去っていくついにフェリーは振り返らずに

この星は新鮮だよと主張して君はテリヤキバーガーかじる

消火器のピンおそるおそる抜き取ればおそるおそる吐きだすだろう

カラスノエンドウの実の弾ける音にふれながら五月のひかりに同化するまで

降りやまないソメイヨシノに向き合ってゆるく体温奪われている

唐突に音を失う波頭　君に名前を呼び捨てられて
風船は次々空に流れだし丘の向こうの隣国に向かう

波音は不協和音として聞こゆさみしさだけで求めあうとき

朝焼けにドライフラワーの花弁からただれるようなひかりこぼれる

七月の空に放せば七月の空に泳いでいる鯉幟

コンビニの傘は三百十五円イチゴショートはまたの機会に

猫二匹同じ形に寝ころんでみつめる先に竹の落葉

第五章　卵

未使用のフィルムを廃棄する朝の曇天、ひかり、ひかりがほしい

捕われていることに気づけないまま飛翔の形に絶命する蟬

古本の紙の匂いのする猫の路地から路地に消えてゆくまで

好きという実感欲し冷蔵庫の最後の卵を手のひらに抱く

階数表示を明滅させてエレベーターの中に時間が降り積もりゆく

東京タワーと卵を交互にみていれば寒空の下あなたに会いたい

他人にはなりきれなくて角砂糖一つを噛んでいる夕まぐれ

冬の日の金魚となってゆっくりとあなたの呼気に近づいてゆく

冷えてゆくアップルパイと向き合って冬の日向のさなかにわれら

ミルクティミルクティと唱えつつ牛乳一本買いにゆく午后

文鎮のように静かな姿勢にて無花果は今日も発芽をしない

江戸という言葉はきっと似合わないブルーベリーの品種の名前

試験区を設定されないまま今日も林檎の花弁は次々落ちる

シャインマスカットの糖度を思うとき一礼したき初夏の一日

季節感のない居酒屋のメニューにて栗の炊き込みごはんを食す

見えすぎる言葉を歌にするときの背徳のようだ　鮮やかな虹

いつかあなたの真昼の月に照らされておだやかにゆく遠いわたくし

星のない夜空の闇に溶けてゆくあなたを守る言葉を探して

車窓から投げ捨てられた吸殻の煙静かに追い風のなか

読むたびに言葉が変わっていくようであなたの文が捨てられなくて

見つめられて見つめ返してお互いに動けないまま我とイエバエ

溜息を飲み込むようなキスをしてカナカナが鳴く　もう一度鳴く

放置された錨を数えて風のなか横隔膜が徐々に重たい

ほうたるの無数の光のなかをゆく胞子が風に流れるように

この角を曲がればあなたの優しさのてのひら触れるまでのひとひら

源氏物語の希薄な人間関係にあなたはいつも酔いしれていた

半身の力が抜けた形にて柳が海鳴りを聞いている

月の音卵の殻に吸い込まれ卵の割れる音になるまで

旧姓で呼べばあなたは旧姓の顔をしてここはまだ汽水域

ひさかたの未来の自分という他人ひかりのなかに拳ひらけば

第六章　夏風

月がブルーチーズでできているという呪文でふいに子供にかえる

鍵盤を月にさらしてみて君は魔法をかけたがるルナリアン

白鍵と黒鍵が月に見えてきた「何曲演ったら魔法は切れる?」

うつぶせて芝生にキスとかなんかしてみなよ花火が背に落ちてくる

「ガソリンの虹もけっこうアートでさ」朝の産廃処理場にきみ

電柱が空の高さを疑わず空の青さを疑わずいる

その人はキヨスクで森の水を手にしばらくラベルを眺めてました

つづけつづけビル平線のゆらゆらへ　テールランプよ　星屑よ　風よ

絵をやらない日は海の辺にでてうたう二、三の色に生かされてゆく

完熟のトマトの中にあるものを奪って君に好きといいたい

うたたねの人に蛍はおりてきてしらない国の言葉をなぞる

彗星がまっすぐ飛べなくなるような寓話を考えながら待ってる

森の根がこそばゆくなる城壁の日干し煉瓦がこわれたくなる

夏風に揺らされながらバスケットリングの影が近づいてくる

紫陽花のうみに浮かんで蝸牛にアントシアニンの青はみえない

タチアオイの背も高くなり江の電がまっすぐむいて海の辺をゆく

まっくらやみの君にキスする十六等分のケーキよぱたりといくな

頑丈なリアカーひとつ立っていて「ぎゅうにゅうやさん、きょうもみないねー」

甲板の遠望鏡の点在を見やるふりしてあなたをみていた

ファインダーに性別はない今ぼくはどんな顔をしているのだろう

第七章　グラナドス

三万通の恋文を運びゆく君が六万人の恋人になる

次々と浮上していく熱気球　卵は遠くへいけない形

滅びゆく種族の歌を聞かされて染められた服もあるのであろう

灰色のトゥールーズから離陸する　カサブランカは原色ばかり

ふいにワイパーをゆるめて　あなたは終バスのテールランプを泣かせてみせる

払い下げられた都バスが町をでる吊り広告をそのままにして

やり過ごしたいときにやり過ごせない数百の羽根車が回る

桜の色忘れていたい我のため夜通し点滅する信号機

グラナドス：組曲「ゴイェスカス」から「嘆き、またはマハと夜うぐいす」

彩のくにさいたま芸術劇場にぶつかる雨の音だけがする

破れかけの翼をつけて夢にさえ彷徨うことを許さなかった

さみしいときはあなたがくれたシードルで絵の具を溶かすという夢だった

オルガンの調律の音に包まれて　らの音が決まるまでの春風

いく億の気孔はまたたきのよう　あの木は体鳴楽器であった

風がつよいとてもつよい桜は上空何メートルを飛んでいるだろう

さよならの手が降ろせない駅前のデジタルクロックが零だけになる

知らない人ばかり見てきた　花を見る眼差しなんて忘れてしまう

嘘つきになっていくのがさびしくて一つずつ数えていく導灯

どうにもならないことをいつかどうにかして崖に立つ標識に錆が増えていく

マタ何時カ何処カデ君ニスレ違ウ君ガ氾濫スレバトウキョウ

しらないきいを押さえてしまうそれっきり戻れない文字　もじよ　あなたよ

第八章　鳥かご

トンネルのたびに向こうにはいつも海がひらけている気がします

空と海の色がこんなに一致して境界線は震えるだけだ

すきですきでたまらなくいる波打ちが彼方へのびてまっすぐになる

ほんとうは存在しないものとして水平線ははっきりみえる

八月の空がこんなに青いことを四月の空は知らないだろう

ティーポットにティーコージーをかけてくれるお店のリストを作っています

ぼくの死がすぐ伝わってほしいのに伝わらない人が何人もいる

潮騒が聞こえるだろううたたねの君の左の耳たぶに触る

８本のデッキブラシに磨かれてプールの底《そこい》から夏の青

履歴書の証明写真撮っている一枚君にあげるつもりで

いつも今は何かの途中遠いとおい打ち上げ花火の音だけがする

いつからか鳥かごのまま空を飛ぶことを覚えてしまった鳥よ

いっせいに消える常夜灯　捨てられた鳥かごはただ鳥を待つだけ

第九章　フェルマータ

右斜め上に伸びゆく水平線船の座席にもたれてみれば

シャットダウンの後の静けさあなたにはあなたの空の静けさがある

うつくしいふれられなさよ次々と花が開いて狭くなる空

思わない日は一日もない今朝も一輪咲いて萎む朝顔

短冊のない竹藪を歩くとき足音はフェルマータのようだ

陸風の熱さかたさに吹かれれば踏み出し方がわからなくなる

じっとりと重たくなってゆく瞼　東京国際フォーラム　未明

五車線の車道の冬を渡るとき立ち止まりたい濡れた車道に

ありわらのゆきひらゆきひらゆきひらと唱えてきみは鍋を洗えり

半身に冬の日差しを受けながらきみは一途に毛糸を選ぶ

容赦ない言葉できみに責められて湖沼のうえに空静もれる

吊り広告を手早く交換する人の肩にとどまる春のひなたは

降りながら溶けてゆくゆきあなたとのツイート遡上してゆく夜の

きみからの寒中見舞い待ちわびて無音の雪の閏日こえる

第十章　私は泣いてしまいたかった

快晴の風の奥行き旅客機と海鳥はおなじ大きさで飛ぶ

花を踏まずに歩き続ける猫だった私は泣いてしまいたかった

関心を失うまでが恋ならば色褪せてなおムラサキシキブ

看板は濡れてゆくとき美しい安藤洋株式会社

白檀の香りが染みる乗車券自動改札機にみちるまで

一輪の花を支えている茎だ沐浴をする春の麒麟は

別れることは選んだ自分を捨てることもごうとしてもげない果実

倒れない線香の灰倒せずに左右から見て上から覗く

小海線遅延を伝える掲示器が雨後の駅舎に取り残されて

新しい部屋で時計を掛ける位置定まらなくて先に進めず

満月を一瞥もしない人々の肩に背に月の光染み込む

飛行機雲一直線になれなくてゆっくり背筋を伸ばすあなたは

別れれば話題にしなくなる言葉例えばコーンスターチのこと

Ｃ《ツェー》とＣｉｓ《ツィス》の音の狭間にパイナップル畑を貫通する道がある

柔らかな陶磁器のように冬の日の雨の海辺に座り込む人

檸檬の実　雨に濡れつつゆっくりと明るい檸檬の色になりゆく

濡れてゆく寺院をみつめているきみの髪が外側から濡れてゆく

いつか自壊してゆくだろう世界には塔と呼ばれるものばかり増え

第十一章　旅の月日

小走りに去ってゆく雨梅の葉と君の銀縁眼鏡を濡らす

生かされていることに抗うように花屋のヤマユリ次々と咲く

階下からピアノの音が染みてきて世界は雨の土曜日になる

もう一度草原に足を踏み入れたいこれから青くなる空のため

幸水の花粉付けする手を止めてあなたは空の何を見上げる

撤退を始めるような予感する葦の群れから目が離せない

野菜庫のどこかにある新玉葱の首の太さを頼りに探す

今たぶんあなたを共有していますあなたの肩にとどまる蟻と

海面にハイビスカスを投げ捨ててあなたはそんな風に泣くのか

小笠原村の新居に母の名で寒川神社の神札届く

十年を旅の月日と思うとき後四回の旅の先思う

春の陽を浴びて座席はあたたかい乗客四人のバスの車両に

テイスティンググラス一脚君が持つ唯一の酒器であるか今でも

嫌いなことばかり教えてくれた人よこれは夜空ではない。青空だ。

翼とはこんなに薄いものなのか孵化したばかりの鳥になる夢

地図表示画面に乗って歩く虫父島沖からグアムに至る

具の多い味噌汁だったことなどを思い出す豆腐売り場をゆけば

声でなく言葉に触れたい初夏の三つ葉の長さ三つ葉の細さ

第十二章　ネムリブカ

越してきて五日目の夜小笠原二号という名の南瓜を煮込む

海亀の卵一玉百円で冷陳ケースに積まれていたり

熱しても固まらなくて海亀の卵白の食べ方が分からず

山口にいた頃と同じ表情で泳ぐ二匹の金魚ちょうちん

白骨化した海亀を避けゆけばやがて形骸化という言葉

ネムリブカてんてんとしている春の遠浅に降りつづく春雨

島檸檬島唐辛子島豆腐そうなんだよな島なんだよな

もう雨季も終わってしまい雨のない六月のジョンビーチを走る

少しずつ島民になる固有種の俗称を覚えてゆきながら

照度計一台持って吾一人モクマオウ林の林床に立つ

海鳴りのない海風に向きあえば無声映画にふれたくなるよ

「今楚良は曇っています」誤変換直さないまま送信をする

朝焼けて夕方焼ける大空を冷ます氷だまひるの月は

花蜂の羽音に満ちている風に素足の指のあいだをひらく

霞みゆく虹を見送るだけだった六七色目を見分けられずに

第十三章　蛇口

辛抱強さが嫌と言われている午後に蜘蛛のない蜘蛛の巣を見つめてる

もう泣いていいかもしれず三回忌の父の書斎を片付けながら

ごみ捨て場に大量廃棄されている辞書から蘭和辞典を取りぬ

ゆっくりと傾くような観覧車園内照明落としてゆけば

湾内に隠喩できない生臭さ珊瑚が産卵している夜の
昆虫の気管のように立ち並び海の湿度に濡れる電柱

泳ぎ来て浅瀬の底に足をつく海も私も慣れない重さ

グァバの実競って採っている子らの声に目覚める土曜日の朝

ほとばしる音を蛇口は忘れない陸軍司令部跡地　快晴

為した罪ひとつひとつに塩水を注いで生きてゆく人間は

長襦袢逆さに吊るして干すかつて処せられた者と者の両腕

次々と蕎麦に卵を割り入れる男の右手の指の深爪

親知らず抜かれる順を待っている　食べたいよ熟したラ・フランス

人生の長さ短さ羊蹄の裏を知らずに過ぎてゆく我

苦手だと思えることを共有しアホウドリ秋の風に吹かれる

ゆっくりと役目を終えてゆくような朝焼けが次の大陸へ去る

第十四章　港の匂い

船室の窓を横切るカツオドリ　諸島は近い後二時間だ

十月に入りようやくオガサワラゼミが鳴く蟬のような声して

白玉粉を練って丸めているひとの耳朶のうらの曲線やさし

空瓶に海水を汲んでくる少年　青は離れて向き合うべき色

雲低く流れ去りゆく海原の千キロ先に本州がある

コンパスの鉄針を刺し直すときノートはやわらかくて静かだ

そしてまた、頑張れと声をかけている言葉を探すことを諦め

白い息を懐かしく思い出す朝に爪を研ぎ粉となりゆく体

トビウオを空中で捕食する鳥の背の灰色が朝日を弾く

泣き方を思い出せない昼下がり唐突に唸り出すプリンター

見学客一人もおらず水槽の鮫は一尾も泳がずにいる

返答がないまま過ぎてゆく午後に釈迦頭がまたひとつ裂果す

午後十時桟橋をゆくシロワニよ　失くしてはならない傘であったよ

次年度の雇用計画作成す半袖を着たまま冬になり

雨の気配が気配のままに消え去って一度に二つ実を落とす椰子

ダンプカーのダンプが上がりきるまでのしばし真昼の月を探せり

大病が出たのだろうか飛行艇の離水していく音が聞こえる

オスプレイ配備要請する議会議事録五斂子《ゴレンシ》食みつつ読めり

また次の入港日まで食べられない今夜も牡蠣を買いそびれてしまい

シーカヤック二艘流れてゆく朝の港の夢に港の匂いす

この雪は春の雪ねと記された二月六日の日記に触れる

小判鮫は鮫に食べられちゃいました飼育係の人つぶやけり

第十五章　船客待合室

ボスポラス海峡行き来する船にいて思い出す尾道水道

椰子の実が落ちて震える水溜り椰子の実を拾いに立ち上がる

緯度経度速力針路　目を覚ますたびに確認する船の旅

看板を掲げていない店舗には美容師がいて理容師がいる

左折二回右折二回で到着す我の職場に続く村道

細胞に湖があり森があり実験室の扉をひらく

センマチは船客待合室のこと帰国するような顔の人々

出港を見送るひとの背景にリュウゼツランの枯れ木が立てり

金属音轟々として接岸す新富士丸というサルベージ船

ボラードの曲線に触れる私の右腕に続いてくる曲線

固有種の植物の種子百粒の採取申請して日が終わる

慣用句辞典一冊手放せば彼方に浮遊する水中花

思い人には思い人いて海原はしずかに午後の海原になる

野山羊駆除のことを伝えているのだろうこだましてくる防災放送

繰り返し暗唱する子にすれ違うニューギニアヤリガタリクウズムシ

ガジュマルの樹幹に伝う雨水の濃い灰色に気根が染まる

虹に触れし風は私に触れながら椰子に触れ南洋に去りゆく

波の音が飽和している浜辺より音にすっかり疲れて帰る

両耳を塞ぐ形で眠るきみに仏法僧の声が重なる

思い出の中の笑顔の屈託に気付く　今日二度目の虹を見て

飲み終えたカップの底を湿らせる紅茶だ過去の記憶というは

雨の匂いに夜半の窓を開ける君しばし無言のままに閉めたり

第十六章　猫

巻雲は形を捨ててゆくきみのおにぎり弁当食べている間も

喝采のように散っているのだろうこの島にソメイヨシノはなくて

国土地理院の青年面積を日々増す島の地図製図思う

放線菌密度を嗅いで知る人になりたくて土に鼻押しあてる

尾の白い猫が私をやり過ごす雨後の車道は鈍く光れり

椰子の実の落果を待っている浜に夕日が速度を速めて沈む

ほっとする場所は私の知らぬ場所氷山を曳く船に乗りたし

君が書いた私の名前の字をなぞる折れがあり跳ねがある私の名

野菜的果物果物的野菜亜熱帯農業センターゆけば

捕獲した猫を内地に連れてゆく船を幾度も乗り換えながら

出社する時一瞥す捕獲猫頭数表示今日は七匹

海面より低いデッキに次々と荷物を抱いて降りる人々

水平線に向けて出航してやがて背後に現れる水平線

八時間おきに野猫に給餌する私はたった一人の船客

波の高さ六メートルに酔う猫を短く励まして退室す

同じ国の海水の色竹芝の海を見下ろしている人々

海鳥は真白な腹を見せながらゆっくりと飛ぶどの空にいても

七パーセント湿度が低い世界にはゆっくりなじんでゆかねばならぬ

速やかに猫のケージを受け取って去りゆく人の名前は知らず

第十七章　ミリバール

緩衝材の古新聞を取り出してひらけば初夏のミリバール

一週間単位で売られている新聞今週は読売を選べり

〈第二十二代小笠原警察署長寄贈〉船のロビーに船の絵がある

求人用掲示板にはザトウ派かマッコウ派かを問う掲示あり

硫黄島より北上してゆく甲板にサザンクロスは見えなくなれり

ベタ凪だねベッタベタですね異動した所属長との最後の会話

射殺され灼かれた崖を次々と滑落しゆく野山羊の親子

太陽の高度高くて逆光の位置が即座に分からずにいる

歌をよむ金子みすゞを夢想して冬の金魚がゆんらりうごく

亡き祖母に佇まい似てきた母の手を取り祖母の墓参に向かう

台風の最後の風を見送ってゴーヤを茹でる鍋を取り出す

硫黄島生家の跡跡に大樹あり誰かの生まれ変わりのような

新緑の枝は五線譜葉は音符頭上にしゃなり音鳴り始む

甲板に私は一人オリオン座の内にはこれほど恒星はあり

慎重に何かを確認するような八十六歳の指揮の十指は

「一の坂川を只今散歩中」過去の日記を深夜にゆけり

既に近未来と言うか二〇〇三年四月七日に生まれしアトムよ

無作為に文字に触れたし漱石の『彼岸過迄』静かにひらく

二重否定の愛称だったと決めつけよう楓子さんちの猫のブーブー

死にかけた一羽に添えば嘴の内底に蒼い声帯がある

空と吾のあいだにあるノウゼンカズラ世をうつくしくしている配置

乱舞よりひとすじふたすじ夜のなか五月雨のなかしたたる蛍

池田 行謙（いけだ・ゆきのり）

1973年7月生まれ
1999年 「塔短歌会」入会

petit31petit@yahoo.co.jp

歌集　たどり着けない地平線

初版発行日　二〇一六年四月十日
著　者　池田行謙
定　価　二五〇〇円
発行者　永田　淳
発行所　青磁社
京都市北区上賀茂豊田町四〇―一（〒六〇三―八〇四五）
電話　〇七五―七〇五―二八三八
振替　〇〇九四〇―二―一二四二二四
http://www3.osk.3web.ne.jp/~seijisya/

装　幀　土居辰彦
挿　絵　蟹澤奈穂
印刷・製本　創栄図書印刷

ISBN978-4-86198-330-6 C0092 ¥2500E